KB253884

이 환장할 봄날에

이 환장할 봄날에

박 규 리 시 집

창비

차 례

제1부

입추(立秋) 010

새벽별 011

저, 아찔한 잇꽃 좀 보소 012

지금 오는 이 이별은 013

홍도화 진다 014

내 안의 물꼬 016

천리향 사태 018

죽순을 따며 020

지상에 뜬 달 한줌 022

치자꽃 설화 024

죽 한 사발 026

사리자여 사리자여 027

상추 028

사과꽃 한송이 떨어졌던가 030

가시방죽 032

제2부

산문일적(山門一滴) 036

굽은 화초 038

그런 일이 어딨노 경(經) 039

바라나시의 연 040

고죽골 할매 042

보름, 그 뜨거운 달 045

잃어버린 안경 046

푸르디푸른 새벽 아욱 한줌 꺾어 들고 048

승속 사이에 있는 것 050

단 한 번 본 죄 052

성자의 집 053

봄, 한낮 054

행자 056

모래 한 알로 사는 법 058

제3부

그 변소간의 비밀 062

산, 신비 064

수채, 머리올 066

산그늘 067

청매화 068

소쩍새 우는 봄날에 070

가을비 072

저 하루살이들 중에서도 074

치자꽃 편지　075

저물녘, 대나무 평상에 누워　078

칠부능선　080

외로울 거 없는　082

이유 없이 오고 흔적 없이 가는 건 없다　083

제4부

노스님의 방석　086

꽃을 말리며　088

갓꽃 피기 전에　089

주름　090

빨래집게　092

가구를 옮기다가　093

발바닥　094

사무친 길　096

고양이, 그 고독한 탄생 앞에서　098

천마산 그늘　100

소　102

무서운 잠　104

동짓밤　105

거미의 힘 106

해설 | 박영근 107

시인의 말 123

제1부

입추(立秋)

신새벽에 요사채 방문 열고 밖에 섰다
승복 한 벌 가을비에 젖고 있다
두 철째 묵언중인 젊은 납자(衲子)
가슴에 다 마르지 못한 것들 저리 많았는가
속살 베이도록 단단히 풀기 먹였는데
잠시 고개 돌리면
이 산중에서도 젖고 또 젖었다
두어라, 서둘러 걷을 일 없다
빳빳이 세웠던 풀기 다 빠져야
곧추선 허리 풀린다
그리운 이름 한 사발쯤 가슴으로 젖어야
이 겨울, 다시 눈 푸르게 넘기지 않으련
비 들이친다 문 닫아라!

새벽별

　외로움도 오래되면 온몸 따스히 데워주는 것인지, 홀로 뽑아낸 거미줄 같은 길이 달빛에 하얗게 내려앉는 밤이면, 가슴에 그토록 사무쳤던 사람 아니 죽어도 용서할 수 없을 것만 같던 사람…… 사람들, 하나씩 쓸쓸한 길을 따라 내게 찾아와, 벚나무 아래 삐걱이는 평상 위에 나란히 걸터앉아, 목젖을 적시는 묵은 이야기 두런두런 나누기도 하다가, 붉은 홍시 위로 가을비 번져오는 신새벽, 오줌 누러 뛰어가면 오돌오돌 떠는 어깨 뒤를, 어느결엔가 당신은 다가와 꿈결인 듯 나를 감싸안기도 합디다……

저, 아찔한 잇꽃 좀 보소

보따리 풀어놓고 어둔 방안에 앉은 당신을 보니 참말로 가슴이 무너져내리네 그동안……어찌……살았는가……다 접어둠세…… 새끼들 두고 도주한 자네 심정 생각하면 그 사연 소설 몇 권 안되겠나 피차 누굴 원망하겠는가 내 죄 더 큼세 저 꼼지락대는 것들 눈앞에 감감하여 농약병도 깊숙이 넣어둔 지 나도 꽤 오래네 자네 없이 살아보니 말이네만 내 속이 깊지 못했네 축사를 덮는 골 판 지붕에도 왜 있잖은가 푹푹 골이 잘 져야 빗물이건 눈물이건 아래로 내려가지 않던가 제 몸의 골도 잘 파여야 하다못해 지나는 바람 한줄기 편히 흘러내리지 않던가 긴말 할 것 없네 몇 년 사이에 더 깊어진 이맛살을 보니 이녁 마음살도 터졌네…… 한잔 더 하려고 들고 온 술인데 잘 되었구만 쭉, 드소! 암말 말고 눈물바람도 치우고, 저 쩍쩍 갈라진 논바닥에 물 스미듯, 맺힌 맘 모진 세월 휘이휘이 가슴팍 아래로 흘러내리소 자, 자 이쪽 툇마루 쪽으로 좀 나와보소 아, 눈물에 부대낀 만큼 파이고 낮아지지 않는 세월 봤는가……저기, 아찔한 연분홍, 잇꽃 부푼 것 좀 보소

지금 오는 이 이별은

이 나이에 오는 사랑은
다 져서 오는 사랑이다
뱃속을 꾸르럭거리다
목울대도 넘지 못하고
목마르게 내려앉는 사랑이다

이 나이에 오는 이별은
멀찍이 서서
건너지도 못하고
되돌이키지도 못하고
가는 한숨 속에 해소처럼 끊어지는 이별이다

지금
오는
이
이별은
다 져서 질 수도 없는 이별이다

홍도화 진다

홍도화 진다

꼭대기부터

솎아내듯 잎 진다

가장 먼저 새순 올렸던

그 자리부터 잎 진다

한여름 어지럽게 달뜬

뜨거운 잎 진다

너도 떠났다

차가운 두 팔과 다리

요동치는 가슴만으로

다시 뜨거워지기 위해

다시 뜨거워지기 위해

홍도화 진다

내가 진다

내 안의 물꼬

내 안에 물을 가둔 지 사년째
책 한줄 안 보고 잘 놀았다
산을 찾아온 이형은 물었다
그렇게 오래 노느라 지겹지도 않수
마침 달빛이 뼛속까지 환해서
나는 짐짓 생각난 듯
내 안의 물꼬를 가만히 들여다보았다
썩은 낙엽과 이끼 낀 때,
언뜻, 그 사이로 말라붙은 바닥이 보였다

"애야, 어서 가자 이곳은 물이 얕아
배 댈 곳이 못 되는구나"

조주 선사가 말하자 동자가 짐을 꾸렸다는
이 바닥이 나의 전부다, 생각하며
이형 일행이 떠나는 모습을 망연히 바라봤다
검은 상수리나무 사이로

서럽지만 환한 속살 같은

새벽 운무 피어오르는 것이다

천리향 사태

글쎄 웬 아리동동한 냄새가 절집을 진동하여
차마 잠 못 들고 뒤척이다가
어젯밤 산행 온 젊은 여자 둘
대체 그중 누가 나와 내 방 앞을 서성이나
젊은 사미승* 참다못해 문을 여니
법당 뒤로 언뜻 검은 머리 숨는 게 아닌가
콩당콩당 뛰는 가슴 허리춤에 잡아내리고
살금살금 법당 뒤로 뒤꿈치 들고 접어드니
바람처럼 돌담 밑으로 스며드는 아,
참을 수 없는…… 내……음…… 오호라 거기라고,
거기서 기다린다고 이번에는
헛기침으로 짐짓 기별까지 놓았는데
이 환.장.할. 봄날 밤, 버선꽃 가지 뒤로
그예 숨어 사라지다니, 기왕 이렇게 된 걸
피차 마음 다 흘린 걸
밤새 동쪽 종각에서 서쪽 아래 토굴까지

남몰래 돌고 돌다가 저 아래 대밭까지 돌고 돌다가 새
벽 도량석 칠 때까지 돌고 돌다가 온 산 다 깨도록 돌고
돌다가 이젠 오도가도 못해서 홀로 돌고 돌다가…… 천
리향, 천리향이었다니…… 눈물 핑 돌아서

＊아직 정식 비구계를 받지 못한 예비 승려.

죽순을 따며

서울의 고마운 분들과 나눠 먹으려고
죽순 따는 장정들을 따라나섰다
말라버린 계곡 아래로
빼곡히 뻗은 대밭
겁도 없이 들어서자
유월 모기들 사정없이 온몸을 파고든다
내처 손사래질 치다가
엉덩방아 찧고 주저앉았다
눈을 드니
그물처럼 얽힌 댓닢에 갈가리 찢긴 하늘
햇빛조차 이 속엔 들지 않는다
빈 자루 하나 움켜쥐고
나는 지금 어느 세상
끝없는 대밭을 헤매고 있는가
눈앞이 아득해지는데
문득 발 아래 팔뚝만한 죽순 하나
그래, 벼랑인들 어떠랴

씩씩하게 눈물 훔치고 일어서서
죽순 하나 뚝 따, 빈 자루에 넣는다

지상에 뜬 달 한줌

후미진 뒷담
손바닥만한 물웅덩이에

서럽도록 환한 달빛!

저물도록 법성포 바닷가를 기웃거리다 돌아오는 길
자칫 헛디뎌 밟을 뻔한

지상에 뜬 달 한줌!

바다도 아니요 호수도 아닌 발 밑, 시궁창이
치자꽃 같은 하얀 달빛으로 가득하다

바로 이 자리에서, 제 속의 출렁거림을
얼마나 깊이 들여다보았던 것이냐

흔들리는 제 맘을 얼마나 간절히 내린 것이냐

급한 물살에는 그림자도 쉬어가지 못하건만
넓고 큰 바다만 그리던 나

어리석음의 파도를 걷어내고
이 자리에, 바로 이 웅덩이에 내 설움 내려놓을 수 없을까

치자꽃 설화

사랑하는 사람을 달래 보내고
돌아서 돌계단을 오르는 스님 눈가에
설운 눈물 방울 쓸쓸히 피는 것을
종각 뒤에 몰래 숨어 보고야 말았습니다
아무도 없는 법당문 하나만 열어놓고
기도하는 소리가 빗물에 우는 듯 들렸습니다
밀어내던 가슴은 못이 되어 오히려
제 가슴을 아프게 뚫는 것인지
목탁소리만 저 홀로 바닥을 뒹굴다
끊어질 듯 이어지곤 하였습니다
여자는 돌계단 밑 치자꽃 아래
한참을 앉았다 일어서더니
오늘따라 가랑비 엷게 듣는 소리와
짝을 찾는 쑥꾹새 울음소리 가득한 산길을
휘청이며 떠내려가는 것이었습니다
나는 멀어지는 여자의 젖은 어깨를 보며
사랑하는 일이야말로

가장 어려운 일인 줄 알 것 같았습니다
한번도 그 누구를 사랑한 적 없어서
한번도 사랑받지 못한 사람이야말로
가장 가난한 줄도 알 것 같았습니다
떠난 사람보다 더 섧게만 보이는 잿빛 등도
저물도록 독경소리 그치지 않는 산중도 그만 싫어
나는 괜시리 내가 버림받은 여자가 되어
버릴수록 더 깊어지는 산길에 하염없이 앉았습니다

죽 한 사발

나도
언제쯤이면
다 풀어져
흔적도 없이 흐르고 흐르다가
그대 상처 깊은 그곳까지
온몸으로 스밀
죽, 한 사발 되랴

사리자여 사리자여

"그러므로 공 가운데는 물질도 없고 느낌과 생각과 지어감과 의식도 없으며 (…) 무명도 무명이 다함도 없고 늙고 죽음도 없고 또한 늙고 죽음이 다함까지도 없으며 괴로움과 괴로움의 원인과 괴로움의 없어짐과 괴로움을 없애는 길도 없으며 지혜도 없고 얻음도 없고 없을 것도 없는 까닭에 마음에 걸림이 없고 마음에 걸림이 없으므로 두려움이 없어서 (…) 그러므로 온갖 괴로움을……"*

……스님, 눈 와요. 삽 가져와라. 네. 눈 많이 와요. 모자 단단히 쓰고 나와라. 네에……

사리자여……
사리자여……

* 『우리말 반야심경』에서 인용.

상추

난이나 몇 촉 캘까 산을 헤맸다
개울 옆 후미진 비탈길
역한 냄새 진동하는 쓰레기더미 속에서
상추 몇 포기!
신비롭게 솟아 있는 것을 보았다
그래, 더러운 곳도 깨끗한 곳도
어느 쓸쓸한 세상 가장 낮은 곳도
가리지 않고 뿌리내리는 것이
생명이라 했던가
저 상추 몇 잎이
남도의 이름없는 절 뒷산을
이렇듯 아름답게 바꾸었다
숨이 막힌다
연꽃에만 진흙이 묻지 않으랴
두 손으로 감싸안은 상추에
역시 쓰레기 냄새는 배어 있지 않다
뜨거운 생명이 되기보다는

깨끗한 방안에 난분이나 앞에 놓고
나는 무슨 꽃 피우려 몸 닳았던가
아무도 거들떠보지 않는 상추를
가슴에 소중히 품고 일어서니
다시 내려가야 할 산길이
환하게 일어섰다

사과꽃 한송이 떨어졌던가

아무도 없는 산중 느닷없는 소낙비에 흠뻑 젖어 나타
난 사람 툇마루에 앉아 함께 젖는 추녀 끝만 쳐다보던 사
람 세상에서 무서운 것은 흔들리는 제 마음이더라며 삶
의 고단한 체중 맺힌 명치끝만 쓰리게 쓰다듬던 사람 밤
낮으로 취한 세상은 부옇기만 한데 내가 흐르는지 세상
이 내 속을 흐르는 것인지 알 수가 없다던 사람 조용히
두 손을 오래 부비던 사람 출렁이는 가슴은 밤마다 넘쳐
흐르고, 돌아보면 눈물 아니면 살 수 없지만 누구 한번
모질게 원망은 한 적 없다던 사람 이제라도 술 끊고 사람
답게 살아봐야겠다며 쓸쓸히 웃던 사람, 때마침

사과꽃 한송이 떨어졌던가……

빗물에 흩어지는 사과꽃잎만 눈 시리게 바라보던 사람
앞산 이마에 노을이 지고, 노을에 젖은 낡은 오토바이 털
털털 다시 몰고 가던 사람 살다 살다 막다른 길마저 잃고
한발 내딛을 허공마저 놓으면, 바로 그때 한번은 죽음으
로 튀어오르지 않겠느냐만, 이렇듯 허무하게 스쳐가기
위해 몇 생을 내가 기다려왔을지도 모를 사람, 며칠이나

지났다고……사과꽃 채 지기도 전에, 두 눈 뜬 내 앞에,
느닷없는 영정으로 오다니…… 사과꽃보다 더 붉은 그대
깊은 등(燈)으로 오호, 이제서야 내게 온, 이 무정한 사람

가시방죽

너와 함께 이 바닥에서 썩고 싶다
푹푹 썩어 진흙탕이 되고 싶다

진저리치게 끓어오르던
그리움과 분노와 견딜 수 없는 욕정

네가 강물이 되어 도도히 흐르는 동안
나는 뼛속까지 깊이 썩었다

아무래도 한생쯤 더 썩어야겠다
문드러져 문드러져 척척 고여야겠다

이 흙바닥 위로 너는 맑게 흘러라
게으름 피우지 말고, 빨리 흘러라

내 영혼의 썩은 물이 서서히 흘러, 닿기 전에
한줄기 내 더러운 눈물이

너의 푸른 살에 섬뜩, 닿기 전에

제2부

산문일적(山門一滴)

산어귀에 홀로 사는 할매가 한살배기 천복이를 양자 삼아 데려왔을 때, 산중턱 작은 절 스님이 하, 고놈 참 자알 생겼다 내 아들 하자 내 아들 하자며, 아침 저녁 산책 길마다 쓰다듬어도 주고 안아도 준 지 엊그제 같은데

매미도 삼복에 지쳐 목이 쉰 여름 한낮
느닷없이 천복이가 전화를 걸어서 스님 큰일났응께 후딱 좀 와보소 하길래, 하릴없는 스님 한걸음에 산문 밖으로 달려가니 할매가 아니! 스님이 웬일이라우! 하는 게 아닌가 천복이가 큰일났다는디 무슨 일이오? 물으니, 할매는 그 큰 엉덩이를 마구잡이로 흔들며 부지깽이부터 찾아선, 이눔이 옥수수 한솥단지 삶았길래 좀 갖다드리라 했더니, 지는 자빠져 누워 또 건방지게 스님께 전화질 했다우? 하면서 벌써 도망간 천복이 쪽을 어림잡으며 고래고래 소리지르는데, 됐어라우 고만 됐어라우…… 스님 옥수수 한덩이 맛나게 먹고, 인적도 없는 이 토담집 쪽새가 전기선은 안 쪼았나 장마비에 개울 옆 지붕은 무사한

가 두런두런 돌아보다 어느덧 해 저무는 숲길을 옥수수 한소쿠리 들고 되짚어 오는데

밤나무 숲 마악 지났을 때였나, 후두둑 비명을 지르며 산꿩이 날아오르는 찰나 주먹만한 돌멩이가 스님의 맨머리를 사정없이 후려친 것은,

아. 부. 지. 어쩔껴? 나도 벌써 열살이란 말여!

철없는 스님 놀라 돌아보니, 아직 주먹만한 짱돌을 한 손에 움켜쥔 채 파르르 떠는 천복이 두 눈에 하, 말똥 같은 눈물이 석양보다 붉게 떨어져……

굽은 화초

베란다 화초들이
일제히 창을 향해 잎 뻗치고 있다
그늘에 갇혀서도 악착같이 한쪽을 향하고 있다
바라는 것 오직 한 가지인 생활은 얼마나 눈물겨운가
눈이 없어도 분별해내는 밝음과 어두움
단단한 줄기 상처로 굽힐 줄 아는 마음
등 굽은 화초, 휘어진 마디마디에
슬프고도 아름다운 고집 배어 있다

그런 일이 어딨노 경(經)

하늘이 두 쪽 나도 당신은 내 맘 모를 깁니더
땅이 두 번 갈라져도 당신은 내 맘 모를 깁니더
하, 세상이 왕창 두 동강 나도 하마
당신은 내 맘 모를 깁니더
지금 이 가슴 두 쪽을 쫘악 갈라보인다 캐도
참말로 당신은 내 맘 모를 깁니더
………

술 깼나 저녁 묵자

바라나시*의 연

아무리 발버둥쳐도
이곳을 벗어날 길 없는 사람만이
연을 띄운다

후두둑 한떼의 자유가, 까마귀의 찢어진 날개가
잿빛 하늘을 휘돌아나갈 때
함께 올려다보는 하늘, 그 막막한 사위에

아, 빼곡히 찬 연!

가느다란 한가닥 실에 매달려
빛바랜 희망이
간절한 절망이
꼴딱, 목젖을 적시는 사이
나뭇가지에 걸려, 전깃줄에 걸려, 끝내는 저희들끼리
뒤엉켜
한줌 허공 악착같이 베어 문 채

뚝, 뚝, 끊어져 내린다 죽어서도……

이곳을 벗어날 길 없는 사람만이
담벼락에 오줌을 갈기고, 다시
아이의 연을 빼앗아
연을 날린다

희번득, 누런 이 햇볕에 찌억 금이 간다

* 인도의 갠지즈 강가 마을 이름.

고죽골 할매

시장으로 술청으로 쩍쩍 갈라진 손금처럼 살았제. 열일곱 나이에 외팔이한테 시집와 삼년을 못 넘기고, 아이 둘 데리고 떠돌 적에는 차라리 설운 줄 몰랐제. 지렁이같이 자잔한 목숨도 죽지 않고 사는 데는 다 그만한 이유가 있다지만, 모르고 겪는 사람이야 우째 그 내막을 짐작조차 하겠나……하필 대산 수박밭 품 팔러 갔다가 바로 옆 저수지에서 하, 아이 둘을 한꺼번에 빠뜨려 죽일 적엔, 그 까마득하고 무서운 밑바닥에 내 목숨 같은 아이들이 아득히 잠길 적엔, 그 텅 빈 밑바닥에…… 나는 살아서……두 눈 부릅뜬 채, 잠길 적엔……누가 알았겠노 내가 감감한 밑바닥이 된 줄은……그러나 한바탕 크게 속고 가는 것이 인생이라더냐……밤마다 눈꺼풀 허옇게 까뒤집고 미친 듯 저수지를 휘돌 적에는 차라리 그 검은 어둠에서 나오고 싶지 않더라만, 아아 또다시 삼년을 못 넘기고……죽지도 못하고, 더이상 밑바닥을 긁을 수도 없을 때…… 그래 바로 그때…… 그날도 밤을 지샌 채 넋을 잃고 물가만 바라보는데 갑자기 눈구멍 귓구멍 콧구멍

구멍이란 구멍에서 멀겋기도 하고 물컹물컹하기도 한, 무슨 뜨건 덩어리가 쑤욱 빠져나가는 게 아니겠나. 아하, 희한타, 눈을 들어 천지사방을 둘러보니 이내 목숨 서 있는 곳이 꿈길인지 저승길인지는 도통 알 수 없으나, 이상하게도 마음만은 서러울 것도 무서울 것도 없이 그렇게 편안터라. 그 두렵던 바닥이 환하게 내 가슴으로 들어서더니…… 따스하고 따스한 눈물이 온몸으로 맺히고 천천히 내가 나를 떠나, 내가 아이들이 되어서, 참으로 무정한 눈물이 한없이 한없이 쏟아지더라……

그렇게 세월 또 흘러서 술청에 몸 부리고 오만잡놈 겪을 때에는 뜨거워지지도 차가워지지도 않는 이내 심사가 차라리 편하기도 했지마는, 정이란 게 도대체 무신 물건인고. 육곳간집 사내놈이 칼 들고 기어든 날 밤, 더러븐 놈의 팔자 오야 콱 너 죽고 나 죽자고 악은 쓰면서도, 아 그 등짝이 얼마나 뜨끈하고 너른지. 그래 걸레 같은 인생 갈퀴 같은 세월 맨손으로 살아왔다만 서캐 뿌린 돌쩌구

같은 세상에서 젤로 소중한 건 사람이더라…… 얽히고설
켜서 가만히 뒤꼭지만 들여다봐도 목구멍이 쐐하니 막혀
오는……그런 정 말이다…… 나 같은 년하고도 팔년씩이
나 살아주곤 뒈져버린 그 인사가 요즘은 자꾸 꿈에 안 비
치나. 더이상 설움도 눈물도 없는 편안한 밑바닥에서 자
꾸 내게 손짓한다 아이가……알겠나 세상 제 아무리 겁
나 뵈는 일도 막상 겪고 나면 벨 것도 아이라……

　내 등을 두드리는 오래된 각시 같은 할머니야, 하얀 도
라지꽃 위에 애기별 조는 사이 개복숭아 가지 사이 잘못
걸린 달님도 막걸리같이, 노릇노릇 코를 골며 익어가는
데……

보름, 그 뜨거운 달

내 안에 누군가 있다 분명 누가 살고 있다 바람 불면 머리칼을 잡아당기고 안개 속에선 나보다 먼저 나를 끌고 가는 이. 매미소리 서럽게 목을 놓으면 저 먼저 내 얼굴에 열꽃을 피우고 안절부절 내 발걸음을 그대의 집 앞까지 이끄는 이. 아무리 눈을 감고 누워도 온몸을 타고 올라 눈부시게 밤을 지새우게 하는 이. 돌풍보다 사납고 새털보다 보드랍게 내 사지를 비틀고 조이는 이. 누군가 누구인가, 이 밤도 저 뻐꾸기 뒤에 숨어 내 속것을 뜨겁게 하는 이.

잃어버린 안경

지리산 계곡에서 발을 헛디뎌 떨어졌다
오래 쓰던 안경을 그때 잃어버렸다
새벽부터 계곡을 뒤졌다
휩쓸리는 물살에 안경은 찾을 길 없다
언제나 손에 닿을 듯,
나는 안경 너머로만 세상을 봤다
밝디밝은 빛에 속아
꿈 같은 모래사막을 넘고 또 넘었던가
안경이 흘러갔을 저 아래 계곡을 내려다봤다
얼마나 더 깊이 떨어져야
미련 없이 이 가슴에 쩡쩡 금이 갈까
얼마나 더 많은 밤을 욱신거려야
내 안의 무수한 안경들이
우수수 떨어질까 깨어질까
뿌연 눈을 들어 세상을 본다
금 간 갈비뼈는 몇 달 후면 낫겠지만
나는 아직 산기슭에서

무슨 마음의 밝은 눈, 더듬거리며 찾고 있는가

여기서 머물 때가 아니라고
와락 덮치는 아지랑이 눈앞, 아지랑이뗴……

푸르디푸른 새벽 아욱 한줌 꺾어 들고

허벅지에 담뱃불을 지지던
그녀가 팔뚝에 연비*를 한다
말간 얼굴 무릎을 꿇고
눈물도 없이 삭발한다
열일곱부터 세상 끝으로 팔려간 죄
네 탓 아니다
이빨 사이로 짓이겨진 삶
고스란히 제 발등으로만 받아냈다
알코올 중독의 청춘도
짓무른 자궁도 다 떨어졌다
뭐 또 떨굴 눈물 남았을까
그녀는 웃는다
개똥밭에 굴러도 이승이 낫다더니
행자 생활 한번 참 모질고 길었구나
아무 일도 없었다는 듯
참말로 전생에 아무 일도 없었다는 듯
푸르디푸른 새벽 아욱 한줌 꺾어 들고

이생의 첫 아침을 지으러 간다

* 연비(燃臂): 계(戒)를 받을 때, 향이나 심지로 팔을 태우는 의례.

승속 사이에 있는 것

빈둥빈둥 놀던 보살이 먼 길 다녀오신 스님께 밥이 없다며
기어코 마을 식당 쌈밥집에 들었지요
온갖 야채 푸짐히 나온 뒤 불판이 놓이고 그 위로
삼겹살이 얹혔는데요
노스님은 상추 몇 잎 손바닥에 펴들고
무심코 고기 한점 집다가 얼른 놓았어요
보살은 속으로 히히거리며 젓가락질을 빨리 하는데
푸성귀와 김치만으로 밥 한그릇 뚜억 비운 노스님이,
잘 되얐다, 이참에 꼭 대접할 이가 따로 있다시며
식당 주인을 불러 다 구워놓은 삼겹살을 포장시키는 거예요
실컷 먹지 못해 볼이 부은 보살이
구운 삼겹살이 담긴 비닐봉지 달랑
터덜터덜 노스님 따라 절로 들어서는데
장독대 위에 늘어져 있던 고양이가 야아옹
댓돌 위 고무신을 물고 흔들던 강아지가 멍멍멍

대추나무 볼 붉은 대추알도 덩달아 흔들거려요

노스님이 법당을 오르시며 보살에게 턱짓을 하셨지만요

보살은 희번득 입가에 미소 흘리고요

햇살 가득한 마당에 첨벙첨벙 발을 담그며

새끼 밴 고양이와 철없는 강아지는 스님만 쫓아가지요

단 한 번 본 죄

본 적이 없는데 어떻게 마음이 가겠나. 마음이 가지 않
는데 무슨 그리움이 파꽃처럼 싹트겠나. 파꽃처럼 쓰리
고 아픈 향 뭐 때문에 피워올리겠나. 향이 없는데 팔뚝을
타고 혈관에 지져댈 뜨거움 어딨겠나. 하아 아픔이 없는
데 타고 내릴, 온몸을 타고 내릴 눈물이야 당최 어딨겠
나, 동안거 뜨거운 좌복 위에, 내가 없어서 그대도 없는
데, 이제 와서 싸늘한 비구 이마 위로 울컥울컥 솟구치는
이 신열은, 그런데 이 신열은

성자의 집

눈보라 속 혹한에 떠는 반달이*가 안쓰러워

스님 목도리 목에 둘러주고 방에 들어와도

문풍지 웅웅 떠는 바람소리에 또 가슴이 아파

거적때기 씌운 작은 집 살며시 들쳐 보니

제가 기른 고양이 네 마리 다 들여놓고

저는 겨우 머리만 처박고 떨며 잔다

이 세상 외로운 목숨들은 넝마의 집마저 나누어 잠드
는구나

오체투지 한껏 웅크린 꼬리 위로 하얀 눈이 이불처럼
소복하다

* 절에서 키우는 잡종개의 이름.

봄, 한낮

치자향 흐드러진 계단 아래 반달이랑 앉아
하염없이 마을만 내려다본다
몇 달 후면 철거될 십여호 외정 마을
오늘은 홀로 사는 누구의 칠순잔친가
이장집 스피커로 들려오는
홍탁에 술 넘어가는 소리,
소리는 계곡을 따라 산으로 오르지만
보지 않아도 보이고
듣지 않아도 들리는
그리운 것들은 다 산 아래 있어서
마음은 아래로만 흐른다
도대체 누구 가슴에 스며들려고
저 바람은 속절없이 산을 타고 오르느냐
마을 개 짖는 소리에
반달이는 몸을 꼬며 안달을 하는데
나는 어느 착한 사람을 떠나 흐르고 흐르다가
제비집 같은 산중턱에 홀로 맺혀 있는가

곡진한 유행가 가락에 귀 쫑긋 세운 채
반달이보다 내가 더 길게 목을 뽑아 늘인다

행자

암자에 온 어린 행자에게
‘행자님’ ‘행자님’ 했더니
‘행자 스님’이라고 부르란다
행자면 행자고 스님이면 스님이지
행자 스님은 뭔가
못 들은 척 ‘행자님’ 불렀더니
벌컥 화를 낸다
행자(行者)란 걷는 사람
부처도 예수도 길에서 나서 길에서 죽었다
일평생 걷는 일밖엔 몰랐다
살아서 다 가보지 못할
제 안의 막막한 묵정길 버려두고
부질없이 이 산속에서 길을 물어 뭘 하누
가만 생각하니
공양주란 자고로 주지 ‘주’자를 같이 쓴다
절집에선 주지 다음 서열이렷다
은근히 화가 난 나는 ‘김행자!’ 하고 불렀다

그랬더니 다음날 보따리 싸가지고 나가버렸다
덕분에 지금껏 스님께 욕먹는, 나는 남아도
드디어 길 떠난 행자야
도시의 황톳길에 발목 푹푹 빠지며
사람 속에서 아, 오직 사람 속에서
홀로 길 열어야 할,
보고 싶은 행자 스님!

모래 한 알로 사는 법

황사가 산을 뒤덮은 날
눈에 죽염수를 넣고 울다

사람이 밟아선 한치도 낮출 수 없는 산
한줄 작열하는 햇살에
갈가리 부서졌다
만리허공을 날아 살아 있는 것들은
모조리 덮고 있다
어떤 무서운 힘이 이토록 고요할 수 있던가

온몸으로 맞섰던 바람 속에서
그랬다, 나는 한치도 무너지지 못했다
가슴 아픈 세상 한뼘도 덮어주지 못했다

더이상 버릴 것 없는,
다시 돌아설 곳 없는 막막한 산 위에 서서
이제야 한 알 모래로 부서져

오장육부를 뒤덮고, 온몸을 흐르기 시작하는
사막이 된 것은 아니냐

이제 내 불모의 땅에
한줌 풀씨를 떨어뜨리지는 않겠다

모래 한 알에 깃들인 세상이
눈물겹게 일어섰다 사라지는 장관을 바라보며
모래 한 알로,
아주 작게 사는 법을 천천히 생각해보다

제3부

그 변소간의 비밀

십년 넘은 그 절 변소간은 그동안 한번도 똥을 푼 적 없다는데요 통을 만들 때 한 구멍 뚫었을 거라는 둥 아예 처음부터 밑이 없었다는 둥 말도 많았습니다 변소간을 지은 아랫말 미장이 영감은 벼락 맞을 소리라고 펄펄 뛰지만요, 하여간 그곳은 이상하게 냄새도 안 나고 볼일 볼 때 그것이 튀어 엉덩이에 묻는 일도 없었지요 어쨌거나 변소간 근처에 오동나무랑 매실나무가 그 절에서는 가장 눈에 띄게 싯푸르고요 호박이랑 산수유도 유난히 크고 훤한 걸 보면요 분명 뭐가 새긴 새는 것이라고 딱한 우리 스님도 남몰래 고개를 갸우뚱거리는데요 누가 알겠어요, 저 변소는 이미 제 가장 깊은 곳에 자기를 버릴 구멍을 스스로 찾았는지도요 막막한 어둠 속에서 더 갈 곳 없는 인생은 스스로 길이 보이기도 하는 것이어서요 한줌 사랑이든 향기 잃은 증오든 한 가지만 오래도록 품고 가슴 썩은 것들은, 남의 손 빌리지 않고도 속에 맺힌 서러움 제 몸으로 걸러서, 세상에 거름 되는 법 알게 되는 것이어서요 십년 넘게 남몰래 풀과 나무와 바람과 어우러진

늙은 변소의 장엄한 마음을, 알 만한 사람은 다 알 만도
하지만요 밤마다 변소가 참말로 오줌 누고 똥 누다가 방
귀까지 뀐다고 어린 스님들 앞에서 떠들어대는 저 구미
호 같은 보살말고는, 그 누가 또 짐작이나 하겠어요

산, 신비

산 너머 산이 없었다면
어쩌랴
산 너머 더 깊은 산 없었다면
어쩌랴
산을 좇아 산을 따라
산을 쌓는 사람아,
우뚝 선 저 산
목구멍까지 턱턱 숨차오르는 산
그 너머 아련하게 자태 감추고
다시, 투명하게
존재하는 산

……산은 산이 아니다 산은 더이상 산이 아니다……
……산은 더이상 산이 아니라 신비다 신비가 아니라
면……

무슨 힘으로 저 산 넘고 또 넘겠나

신비가 아니라면,
지금 이 산이 다 무슨 소용 있겠나
산 없인 살아도 신비 없인 살 수 없는 사람아!
도대체 신비가 아니라면,

어찌 다시 나를 떠나, 그대
저 산을, 늙은 바람처럼 홀로 넘고 있겠나

수채, 머리올

너무 가늘어 쥐기도 쉽지 않은 머리올들이
수챗망, 수챗가생이를 붙들고 있다

생각없이 빗어버린 머리올
바로 이곳에서 저의 마지막을
쉽게 내려놓지 않고 있다니

아무리 보잘것없는 것들이라도, 사라지는 것 앞에서
코끝 찡하지 않을 자신 있을까

떠밀려간, 약하고 가느다란 것들은
어느 끝에서 다시 만나 순한 그물 이루고 있을까

무게를 가진 것들이
수챗구멍을 아주 가볍게 내려갈 즈음
살아남아, 서로를 둥글게 껴안은 채 뭉쳐 버티는
머리올의 무게

산그늘

먼산바라기만 하던 스님도
바람난 강아지며 늙은 산고양이도
달포째 돌아오지 않는다
자기 누울 묫자리밖에 모르는 늙은 보살 따라
죄 없는 돌소나무밭 돌멩이를 일궜다
문득,
호미 끝에 찍히는 얼굴들
절집 생활 몇 년이면 나도
그만 이 산그늘에 마음 부릴 만도 하건만,
속세 떠난 절 있기나 한가
미움도 고이면 맛난 정이 든다더니
결코 용서할 수 없을 것만 같은 사람들이
하필 그리워져서
눈물 찔끔 떨구는 참 맑은 겨울날

청매화

다른 길은 없었는가
청매화 꽃잎 속살을 찢고
봄날도 하얗게 일어섰다
그 꽃잎보다 푸르고 눈부신
스물세살 청춘
오늘 짧게 올려 깎은 머리에서
아직 빛나는데
네가 좋아하는 씨드니의 푸른 바다도
인사동 네거리의 생맥주집도 그대로다
그 사람 떠나고 다시 꽃핀 자리마저 용서했다더니
청매화 꽃잎 꿈결처럼 날리는, 오늘
채 여물지도 않은 솜털을
야무지게 털어내다니
정말 다른 길 없었느냐
새벽이면 동학사로 떠날
이른봄 푸른 이끼 같은 아이야
여벌로 더 장만한 안경과

흰 고무신 한 켤레 머리맡에 챙겨놓고 잠든
너의 죄 없는 꿈을 마지막으로 쳐다보다
눈부시도록 추울 앞날을 위해
이 봄날, 떨리는 손으로 두툼한 겨울 내복 두 벌
가방 깊숙이 몰래 넣었다

소쩍새 우는 봄날에

나에게도 소원이 있느냐고 누군가 묻는다면

낮게 드리운 초라한 집 뜰에
평생을 엎드려 담쟁이 될지언정
스스로 빛나 그대 품에 들지 않고
오직 무너져 흙으로 돌아갈
한 꿈밖엔 없는 돌이 되는 겁니다

구르고 구르다 그대 발 밑을 뒹굴다
떠돌다 떠밀리다 그대 그림자에 묻힌들
제아무리 단단해도 금강석이 되지 않고
제아무리 슬퍼도, 그렇지요
울지 않는 돌이 되는 겁니다

이내 몸, 이 폭폭한 마음
소리없이 스러지는 어느날, 그렇게
부서져 고요히 가라앉으면

다시 소쩍새, 다시 소쩍새 우는 봄날에

양지바른 숲길에 부풀어오른
왜 따스한 흙 한줌 되지 않겠습니까
지쳐 잠든 그대 품어안을
눈물겨운 무덤 흙 한줌, 왜 되지 않겠습니까

가을비

무당 두 사람이 산기도를 왔다가
느닷없는 가을비에 떨며 서성이다가
해가 져 할 수 없이 암자에 들어
스님, 마당에서라도 하룻밤 묵어 가면 안될라우?
꾸벅꾸벅 졸던 스님 뛰어나가
아이고, 어서 오소! 공양부터 드시오
나에게 밥 차려 오라는 눈치다
저녁은 드리겠으나 잠은 잘 곳 없으니
저 아래 마을 여관 가서 자시오
나는 맵게 말을 끊었다
사람 좋던 스님
처마 끝으로 후득후득 비 긋는 소리
무심히 듣고 섰더니,
혼잣말인 듯 한숨인 듯……
……따스한 방안에서
여지껏 비에 젖지 않은
자네가 마을 여관 가서 자고

한비에 온몸 젖은 사람들은
따스한 이불 펴고 방안에서 주무시게……

빗물이 계곡을 덮쳤다
가을비에 웬 천둥까지 내리는지……

그날 밤, 나는 여인 둘과 한방에 나란히 누웠다
쓸쓸한 참회의 잠이 고즈넉했다

저 하루살이들 중에서도

왜 이다지 생(生)은 결국,
살아서 뿌리 한번 박아보지 못하는 것인가

서러워 허공에 머리를 처박으면
눈앞이 아득해지도록 속이 몽땅 뒤집힌 뒤에야
황혼이 들어
가로등 하나씩 켜지는데……
이 긴 하루, 저 허상의 빛까지
밤은 아득하기만 하고
그칠 수 없는 하루살이, 그 간곡한 날갯짓은 도대체
얼마나 먼, 마음의 끝을 보아야 끝난다는 것인지

어두워져가는 사위를 눈 붉히며 바라보다가
왜 없으리, 미련 없이 날개를 접어버린 자(者) 몇

치자꽃 편지

스님!

어느덧 상강입니다.

오늘 새벽에는 도량석 치는데, 등뒤로 오소소 소름이 돋더니 코끝이 차가워지더이다. 벌써 겨울이 왔나봅니다. 이곳에 온 지 어느덧 반년이 지났습니다. 저도 새봄이 오면 드디어 스님이 됩니다. 어제부터 명등(明燈) 소임을 맡게 되었습니다. 저의 상명등 스님은 키가 저보다 한 뼘이나 적은데다가 몸까지 약해 걱정입니다. 몸도 몸이지만 요즘은 아마 마음이 많이 아픈가봅니다. 새벽예불 모시는데 오늘따라 등꽃 같은 눈물을 뚝뚝 떨구는 것입니다. 저는 못 본 척했지만 왠지 제 가슴도 울적해졌습니다. 법당을 나온 상명등 스님은 미안했는지, 저는 그만 마을로 돌아갈까봐요 하며 저물듯 웃는 것이었습니다. 저도 그만 따라서 집으로 돌아가고픈 마음 들었습니다. 그러나 진짜 마음은 아닙니다. 물빛 등처럼 슬픈 마음이 들어서 괜스레 그래 본 것뿐입니다. 가끔씩 찾아오는 서울 처사님 때문에 저러실까도 싶지만, 꼭이 그런 것만도 아닌 것 같습니다. 상명등 스님은 왜 슬퍼하는지요. 왜 저에게도 늘 가슴 먹먹한 슬픔이 깊이 또아리 틀고만 있는지요. 이 쓸쓸한 것들이 무엇인지 어디서 오는 건지 알 수 없지만, 저는 그냥 꾹 참고 견딥니다. 견디다보면, 견디다보면, 그래요 스님은 그러셨지요. 무엇이든 다 견딜 수 있다고. 그렇게 그렇게, 어디든 다 건널 수 있다고. 스님! 저는 지금 어느 망망한 생사바다를 헤매고 있는지요. 아니, 어느 외로운 바닷길에 한송이 파도로 꽃피어 흐르는지요. 포로롱, 갑자기 새 한마리 제 책상 위로 날아듭니다. 푸득이는 날개 속에서 미칠 듯 그리운 스님의 치자꽃 향기가 눈부시게 쏟아집니다. 아, 그날 스님과 함께 마셨던 차 향기가 제 몸 속속들이 스며 흩날립니다……이제 그만 공양간에 채공* 살러 가야 합니다. 새봄에 무사히 스님이 되면, 그때 다시 소식 여쭙겠습니다. 참 보내주신 약 덕분에 무릎 관절은 많이 좋아졌습니다. 요즘에는 하루에 오백 배씩밖에 안 드리거든요. 걱정 마셔요. 아무리 멀리 떨어져 있어도, 저는 스님 속으로만 흐르고 흘러갑니다. 홀로 가는 이 두려운 바닷길도 늘 그곳에 닿아 있어 저는 울지 않습니다.

법체 보존하소서.

* 채공(菜供): 절에서 반찬을 마련하는 일.

저물녘, 대나무 평상에 누워

하늘 향해
머리 들고 서 있을 때는
그리운 새소리 하나 품지 못하고
수줍은 그늘 한평 내어준 적 없었다

이렇게 낮게
낮게 누웠더니
산꿩도, 다람쥐도
저물녘 다 늙은 햇살도
쉬었다 간다

둥글레 가지 위로 달빛 일렁이는데
높이 오를수록 서럽고 무서워
아, 서로가 서로에게 한번 가 닿지 못하는

저쪽 대나무숲,
그 무명(無明)의 농울진 세상 쪽으로

내 눈빛
아직 소리없이 흐르는가

칠부능선

산 아래 마을에서는 정말로
투명한 날개 키우는 사람 있을지 모르겠다
누구나 인생이 반쯤 익을 무렵이면
억센 다리를 기르거나
부리로 싸우는 법을 익히기도 한다는데
친구는 조용한 산중에 와선
숨겨온 날개 아무도 모르게 뻐근하게 폈다간
아, 하룻밤 참 잘 말렸다면서 돌아간다
나는 도대체 하루 만에 어떻게
날개가 투명해지는지 알 수 없지만
주먹 불끈 쥐고도 속고 속다보면, 차라리
마음이 날개보다 가벼워져서 그러는지 모르겠다
날개는 소중한 것일까
누구나 날개를 가져야만 행복해지는 걸까
나의 등은 딱딱하게 굽었지만
불행하지는 않다
가을이면 카메라를 들고

산에 올라 벌새를 찍던 친구도
요즘은 서울 거리를 헤매며
사람들에게 카메라를 들이댄다고 한다
주로 몰래 숨어 사는 사람들의 등을
찍고 다닌다고 한다
어둔 암실에서 인화를 하다보면
어떤 이의 등에서는 진짜로
투명한 날개가 퍼득이더라고 한다
눈부셔, 눈이 부셔, 숨이 콱 막히더라고 한다
정말로 신기한 일들은 모두
산 아래 마을에서 일어난다

외로울 거 없는

눈
사방천지가 외로운데
새삼 뭐 외로울 거 없는

눈
스님하고 처사하고 누룽지 끓여 먹고
차 다 우려 마셔도 읍내에 못 내려가는

눈
외로운 사람들끼리 갇혀 아무리 치워도
오늘따라 전화 한통 없는

눈
그래서, 햐, 그래서 뭐 어쩔 거냐고
빗금 간 문풍지 사이 자꾸 후벼파는

이유 없이 오고 흔적 없이 가는 건 없다

지난 시절이 이미 다 말해주었다

가슴속 켜켜이
몸 속속들이 문신 같은 상처로 새겨주지 않았던가
나의 무지, 혹은

삶 저쪽 비애에 대하여

제4부

노스님의 방석

노스님의 방석을 갈았다 솜이 딱딱하다

저 두꺼운 방석이 이토록 딱딱해질 때까지

야윈 엉덩이는 까맣게 죽었을 것이다

오래 전에 몸뚱어리는 놓았을 것이다

눌린 만큼 속으로 다문 사십년 방석의 침묵

꿈쩍도 않는다, 먼지도 안 난다

퇴설당 앞뜰에 앉아

몽둥이로 방석을 탁, 탁, 두드린다

제대로 독 오른 중생아!

이 독한 늙은 부처야!

꽃을 말리며

선물로 받은 꽃다발을 동생이 벽에 걸어놓았다
말려놓고 보아도 독특한 운치가 있다는 것이다
그러나 거꾸로 매달린 꽃송이들이 내겐 영 마음에 걸
린다
안쓰러워 물 몇 방울 얹어주었더니
그늘에서 물기 없이 오래 말려야 그 태가 좋다고
내 손의 물컵을 낚아채며 동생은 난리다
만개하다가 꽃답게 떨어져 죽는 일도 쉽지 않구나
가늘게 남은 생명이 검게 변하면서 오래오래 죽어가는
모습
나의 하루도 어디선가 줄기가 잘리고 어디엔가 매달려
천천히 죽어가는 것은 아닌가
물 한방울 피 한방울 남지 않고, 나는
지금 얼마나 꼬득꼬득 잘 말라가고 있는가
불현듯 목이 마르다

갓꽃 피기 전에

그대는 내 새끼다 내 속으로 낳아, 피 묻은 탯줄 내 이로 끊은, 끝없는 절망 끝에서 뒹굴다 뒹굴다 내가 품은 넋이다 서러운 사랑이다 고양이처럼 울부짖으며 쏟아낸 빛나는 어둠이다 가라 그대는 가라 맨발로 갓꽃 피기 전에. 골백번 혀를 깨물어도 내 그대를 사랑한 적 없으니 죽어도 죽어도 허리춤에 다시 펠 핏덩어리, 내 새끼야 갓꽃 필라, 어여 어여

주름

제 얼굴 제가 만든다는 말 무엇인가 했는데
지울 수 없는 사연 건너뛰지 못한 세월
골골이 주름으로 잡혀 내 얼굴이 되었다
웃음 하나에 주름 하나 서러움 하나에 주름 하나
이렇듯 살가운 사정과 스산한 과거 내게도 있었는가
누군가에게 몸 버리고 떠돌던 흔적과
양미간 깊이 팬 상처

그러나 생각하면,
내 주름은 또다른 누구의 주름 아니었으리
나 때문에 눈물 흘리던 사람이여
나 때문에 섧게 섧게 속 태우던 사람이여
내 철없는 욕심과 부질없는 사랑이
상처 한줄 그을 줄 차마 어찌 알았으랴

언제부터였을까
사람과 사람이 만나는 일이란

주름과 주름이 섞이는 일이라는 걸 짐작한 뒤부터
내가 먼저 한줄 주름으로 눕게 될까봐
그대에게 다시는 돌이키지 못할 깊은 주름으로
쓸쓸히 접히게 될까봐
짐짓 딴전이나 피우다
먼데로 말꼬리 흘린 적 참 많았다

빨래집게

빨랫줄의 빨래를 빨래집게가 물고 있다
무슨 간절한 운명처럼 물고 있다
이리저리 흔들리다가
어느 더러운 바닥에 다시 떨어져 나뒹굴지도 모를
지상의 젖은 몸뚱어리를 잡아 말리고 있다
차라리 이빨이 부러질지언정 놓지 않는
그 독한 마음 없었다면
얼마나 두려우랴 위태로우랴
디딜 곳 없는 허공
흔들리는 외줄에 빨래 홀로 매달려
꾸득꾸득 마르기까지

가구를 옮기다가

오랫동안 눌렸던 장판 자국이 가구의 무게를 벗어났다
선명하게 찍힌 흔적
쉽게 원상회복될 것 같지가 않다
가려져 있다가 마침내 발견된 부분, 거창하긴 하지만
그늘진 역사와 무슨 관계가 있을지 모른다
세력이란 언제나 그 얼굴이 보이지 않아서
남은 상처만으로 정체를 확인하기엔 역부족이다……
이런저런 생각을 하며
이것 위에 저것도 올려놓고
이놈과 저놈을 짝지어 공간 이동을 하는
이른바 가구의 공평분할을 했다
그럴 때마다 새로 드러난 눌리지 않은 자리와
그렇지 않았던 부분들의 어쩔 수 없는 명암 교대
가구만 옮기면 뭔가 방안 분위기가 편할 것 같아 힘써
보지만
진짜 그런 것들 지금 어디선가
눌리고나 있지 않은지

발바닥

평상 위에 쓰러져 잠든 너의 곁에 앉았다
무심코 발바닥을 들여다본다
각질이 지고 엄지발톱 하나가 까맣게 죽어 있다

그동안 너의 만행은 얼마나 고단했는가
야윈 가슴과 어깨를 누르던 힘겨운 생애는…… 그렇구나
그것을 고스란히 진 것은 발바닥이었다

사랑이란 바로 그 사람의 발바닥을 사랑하는 일임을
사랑이란 바로 그 사람의 발바닥이 되어주는 것임을
아, 사랑만큼은 지상에서 가장 낮은 바닥의
발바닥과 발바닥이 말없이 함께 가는 길임을
나는 왜 건듯하면 잊게 되는지

내가 곁에 있는 줄도 모른 채
무슨 곤한 꿈이라도 꾸는가
쭉 뻗은 발바닥이 움찔움찔 움직인다

잠든 너의 발바닥에 하염없이 귀기울인다
그래…… 듣지 않아도
우리의 생애는 이다지 속절없다

꿈 속의 꿈 같은 세상에서
꿈 밖의 꿈을 꾸며 걷고 있는 이여
나는 너의 발바닥 같은 사랑이 되고 싶다
피 흘리는 발바닥이 되고 싶다

사무친 길

나보다 더 지쳐
찬 바닥에 모로 누운
몸과 마음아

이 밤만은 너희들을
살며시 뉘어놓고
나 홀로 다녀오리라

달빛이 옹기종기 몸을 녹이는 숲길과
바람이 지친 다리 주무르는 대숲 지나
저 홀로 생겨났다 흔적 없이 사라지는 길을

오늘 밤만은 나 홀로 떠나야겠다
더이상 몸 때문에 마음이 눈물 흘리지 않고
더이상 마음으로 저 바람에 몸 베이지 않게

까까머리 숫별이 눈 부비며 새벽종 칠 때면

꿈결인 듯, 아무도 모르게 돌아와 있을 테니

그때까지만이라도 고이 자거라
너희들과 가는 길은
이 세상 누구라도 가슴 치며 돌아볼 길
다시 걸어도 끝끝내 사무쳐 서러울 길

고양이, 그 고독한 탄생 앞에서

고양이가 새끼를 낳은 것이 분명하다
어디에 낳았을까 구경 좀 하려고 따라가면
고양이는 이빨을 드러내며 겁을 준다
멋모르고 근처를 얼쩡대던 강아지는 벌써
등짝에 피가 나도록 할퀴어버렸다
새끼만 낳으면 녀석은 뵈는 게 없다
그래, 가물거리는 두 눈을 부릅뜨고
어둠 속에서 홀로 치러냈을 그 뜨거운 공포와
황홀한 두려움을 생각한다
그 고독한 탄생 앞에 나는 목이 메인다
눈동자는 고통 속에서 더욱 형형하고
날선 발톱은 이제 다시
아무것도 놓지 않으리라
산고에 털이 다 빠진 녀석을 보며
고요히 내 가슴이 푸르게 멍든다
살아남은 것 외에
나의 생애는 얼마나 부질없는 것이냐

그래 스스로 새끼들을 앞세워
당당하게 올 때까지
눈만 퀭하니 치켜뜬 녀석을
다시는 따라가지 않기로 했다

천마산 그늘

마을버스 하루 네번 들어온단
천마산 자락에 짐을 옮겼다
돈 버는 일에도 지치고
세상살이도 그만 힘에 겨워서
그동안 내가 지니고 쌓아왔던 것들
얼마쯤 버릴 요량이었던 것이다
그런데 정작 이곳에 와서 생각해보니
나야말로 가진 것 없어서
버리려야 뭐 아무것도 버릴 게 없는 위인이다
어느 생각 한 줄기 꿋꿋이 뿌리내린 것 없고
됨직하게 익은 마음 한 사발 찾을 길 없다
우습다 비어도 남보다 한참 텅텅 빈 주제에
나는 어쩌자고 겁도 없이
이 아득한 산골까지 흘러왔느냐
한데 가슴 사무치는 서러운 시절과
제 눈물조차 핥아먹는 갈증도 없이
무슨 향기 짙은 열매로 익어, 나는 떨어지리

적막한 마루를 하루종일 뒹굴어도
자꾸 목이 칼칼하고, 철없이 누가 그립기만 하다
죄 없는 늙은 어머니만 여름 뙤약볕에
텃밭 오이넝쿨처럼 말라가고

소

어라, 소가 시인이네
한 입의 그리움과
한 모금의 실연도
몇 번은 되새김질해야 삼킬 수 있는

미련하도록 큰 배를 가졌어도
이것저것 한꺼번에 먹어치우는
재주는 없어서
한평생 같은 풀만 씹고 씹네

소는 전생에 게으른 중이었다더니
그러면 시인은 전생에 게으른 소였느냐

세상을 등지고 평생을 하루같이 산
아득한 죄로
하루에 하루를 몇 번씩 겪으며
그 밤의 밤마다

수십번의 참회와 절망도 모자라서

땅땅 세상에 고삐 매인 자여!
누구도 모를 설움, 씹고 또 씹는다
순하고 죄 없는
한 그릇의 따끈따끈한 양식이 될 때까지

다른 삶은 꿈꾼 적도 없다
씹고 또 씹고
다시 뱉어 씹어 삼킬 줄밖에 모르는
오냐 소,
네가 시인이다

무서운 잠

사지 처억 늘어뜨리고 어린 조카가 자고 있다
온몸의 힘 다 버렸다, 버린 마음조차 모른 채

그, 야, 말, 로, 자, 고, 있, 다

잎과 줄기 하나씩 떨굴 때마다
뿌리 더욱 굵어지는 나무처럼
아! 버릴 때에야, 비로소 모아지는 힘!
슬며시 회양목같이 뺏뺏한 내 몸 만져본다

명치끝에 돌덩어리 같은 이 일생(一生), 뭐꼬?

겁도 없이, 세상을 쑥쑥 뚫고 오르는
가장 착하고 무서운 잠을
어린 조카가 자고 있다

동짓밤

절집 생활 칠년이면 이골이 날 만도 한데
불쌍한 영가가 들어올 때면 아직도 내가 더 운다
오늘도 영정 모셔놓고 하루종일 훌쩍였다

삶과 죽음이 밥상에 나란히 앉아 밥을 먹는 곳
이별과 사무침이 도란도란 젓가락질하는 곳
한 척의 배가 된 절이 산속을 찰랑찰랑 흐르는 곳
아무래도 이런 밤이면
이제는 아득한 나 때문에 다시 목 메인다

거미의 힘

오랜만에 창을 여니
거미줄이 나의 방을 눈부신 빗장으로 채워놓았다
눈물보다 강한 제 몸의 뿌리를 하늘 향해 거침없이 뻗
어올렸다
믿을 수 없다
거미가 이 넓은 세상을 온몸으로 거머쥐는 법

오직 단 한 줄로 엮은 이 슬픈 족쇄의
시작은 어디이고, 그 끝은 도대체 어디인가

두려움에 떨리는 손으로 미리 끊어내지만 않는다면
기다림에 지쳐 이 무정한 끈을 먼저 놓지만 않는다면
아직은 나도, 쉿!

조금은 더 숨죽여 기다릴 게 남은 것 아니냐
문득, 이 자리에서
끊길 듯 끝나지 않은 내 사무친 노래 볼 수 있는 것 아니냐

시궁창의 달, 혹은 내 안의 개화(開花)

박영근

1

먼산바라기만 하던 스님도
바람난 강아지며 늙은 산고양이도
달포째 돌아오지 않는다
자기 누울 묘자리밖에 모르는 늙은 보살 따라
죄 없는 돌소나무밭 돌멩이를 일궜다

— 「산그늘」 부분

절집은 분명 절집인데, 그러나 예사롭지 않다. "먼산"
에 할일을 놓아버린 방념(放念) 끝에 만행을 떠난 스님의

행동거지는 그럴 수 있다 하더라도, 제 집과 식구들은 아
랑곳없이 달포째 외방을 떠돌며 바람을 피우고 있는 강
아지라는 명색은 무어란 말인가. 산 목숨들에 대한 이타
행은커녕 애오라지 제 저승길만 찾고 있는 늙은 보살의
행각도 절집의 사정과는 거리가 멀어 보인다.

　어긋나 있는 것은 그것만이 아니다. 이어지는 시의 또
다른 부분에서 화자는, 스스로 자탄하고 있듯이 "절집 생
활 몇 년이면 나도／그만 이 산그늘에 마음 부릴 만도 하
건만" 속절없이 속세의 사람들이 그리워 눈물을 떨구고
있는 것이다. 「봄, 한낮」에 이르면 시인이 그리움이라고
부르는 마음의 그 짙은 그늘이 한결 처연하게 드러난다.

치자향 흐드러진 계단 아래 반달이랑 앉아
하염없이 마을만 내려다본다
몇 달 후면 철거될 십여호 외정 마을
오늘은 홀로 사는 누구의 칠순잔친가
이장집 스피커로 들려오는
홍탁에 술 넘어가는 소리,
소리는 계곡을 따라 산으로 오르지만
보지 않아도 보이고
듣지 않아도 들리는

그리운 것들은 다 산 아래 있어서
마음은 아래로만 흐른다

　박규리의 시를 읽는 독자들에게 이와 같은 일탈적인
정황과 자신의 심중을 적극적으로 표출하려는 태도는,
그것이 절집의 세계에 기반하여 이루어지고 있다는 사실
때문에 확실히 어떤 강렬한 흥미를 자아낼 만하다. 그리
고 절집을 계율과 법문의 도량으로만 이해하는 것에 익
숙한 사람들에게 그녀의 어떤 시들은 가까이하기 힘든
파격이나 방종의 문자행위로 비칠지도 모른다.
　그러나 우리가 주목해야 할 것은 박규리의 시들이 폭
넓게 획득하고 있는 절집세계의 일상과 그것이 그려내는
삶의 리얼리티이다. 그녀의 시가 그리고 있는 것은 구체
적인 생활 속에서 절집의 세계를 끌어안고 그것을 이해
하려는 자의 삶이고, 그런 삶을 가능케 하는 노동과 공양
이며, 다른 무엇보다도 그같은 과정 속에 갖은 빛깔과 충
동으로 찾아드는 인간적 욕망들을 바로 대면하려는 태도
인 것이다. 따지고 보면 우리가 박규리의 일부 시들에서
일단의 흥미와 의문을 갖는 것은 절집의 세계를 이루는
생활과 풍속에 대한 어떤 편견들 때문일 것이며, 또한 경
전이나 선시(禪詩)류의 비유의 세계를 절집의 현실로 오

도하는 까닭일 것이다.

　시들을 통독하면서 유추할 수 있는 것처럼 박규리는 상당한 기간 동안 절집의 공양주로 살아왔다. 이 전기적인 사실이 시집 전체를 가로지르는 횡단목으로 되고 있다. 아예 인연을 끊어 일체 현실을 비우고 어떤 초월로써 자성(自性)으로 돌아가려는 비구니의 자리도 아니요, 또한 갖은 욕망을 끌고 저잣거리의 삶을 살아가는 세상 사람의 거처도 아닌 자리. 그 경계의 자리에 공양주로서의 삶이 놓여 있거니와, 그 자리야말로 이 시집의 전언(傳言)들이 들끓고 있는 핵심처이다. 박규리의 시들에서 우리가 몸은 절집에 있되 마음은 세상 현실의 상처와 어둠 속을 떠돌고 있는 화자들을 만날 수 있는 것은 그런 까닭일 것이고, 또한 과거와 현재의 삶을 그 밑바닥까지 반추하고 애써 그것을 비우려는 수행적 태도를 볼 수 있는 것도 그런 사정으로 말미암은 것일 터이다. 다시 말하자. 세상을 사는 자로서 자신의 욕망과 그것의 어두운 내부를 있는 그대로 명징하게 보면서, 거기서 어떤 의미를 구하여 '참 나'라는 또다른 자기를 찾는 자리. 그렇다면 우리가 흔히 대립적 관계라고 규정해온 두 세계가 박규리의 시 속에서 전혀 새로운 길로 소통의 관계를 이루어내고 있다는 말인가. 승속간의 회통이 그것일 텐데, 그러나 그

길은 고통이매, 결코 환하지 않다.

2

박규리가 저잣거리에 두고 온 삶은 어떤 곡절로 하여 몹시도 신산스러웠던 것처럼 보인다. 시인은 자신의 삶의 상처를 이루고 있는 지난날의 깊은 좌절의 경험을 구체적인 서사로서는 거의 내비치고 있지 않지만, 그러나 "결코 용서할 수 없을 것만 같은 사람들"(「산그늘」) "가늘게 남은 생명이 검게 변하면서 오래오래 죽어가는 모습"(「꽃을 말리며」) 같은 단장들로 미루어 볼 때 그 아픔의 정도가 매우 크고 격렬했던 것으로 짐작된다. 내부의 상처가 치유할 수 없을 만큼 깊은 것이어서 절집에 임시의 삶을 의탁한 것이었다면, 그것은 참으로 가혹한 유폐가 아닐 수 없다.

「갓꽃 피기 전에」는 시인이 치러낸 생애의 어떤 사건이 반복되는 단정적 서술을 통해서 격렬하게 토로되고 있는 시이다.

그대는 내 새끼다 내 속으로 낳아, 피 묻은 탯줄 내 이로 끊은, 끝없는 절망 끝에서 딩굴다 딩굴다 내가 품

은 넋이다 서러운 사랑이다 고양이처럼 울부짖으며 쏟
아낸 빛나는 어둠이다

시인은 죽음에 가까운 출산과정의 고통을 빌려 힘들게
성취한 사랑의 탄생을 말하고자 하는 것인가. 아니, 그것
을 상징적 기제로 끌어와 삶을 향한 치열한 욕망을 표현
하고 있는 것인가. 아마도 그럴 것이다. 그러나 그 사랑
과 욕망은 시인의 내면에 현재형으로 생생히 살아 있을
지언정 그 실체는 이미 "서러운" "넋"이 되었으며, 기억
이 빛날수록 도리어 "어둠" 저편의 일로 가라앉고 있다.
시의 도저한 어투 또한 주목할 만한 의미소를 만들고 있
는데, 나는 거기서 강한 자기모멸감과 세계에 대한 적대
감을 읽는다.

가라 그대는 가라 맨발로 갓꽃 피기 전에. 골백번 혀
를 깨물어도 내 그대를 사랑한 적 없으니 죽어도 죽어
도 허리춤에 다시 뀔 핏덩어리, 내 새끼야 갓꽃 필라,
어여 어여

시의 후반부에서 우리가 보는 것은 화자의 강한 부정
의 제스처다. 물론 그것은 자신을 속이려는 억지 진술일

뿐이다. 상실감이 커갈수록 내부에서 더 가열되어가는 사랑 혹은 욕망의 반어적 표현이 아닌가. 시에서 도드라져 보이는 "갓꽃"이라는 이미지가 흥미로운데, 그것은 과거의 사랑과 그 성취를 괴롭게 환기시키는 매개물이다. 그러나 그 꽃의 의미가 간단치 않은 것은 그것이 화자의 모순된 심리적 정황을 드러내고 있기 때문이다. 과거의 어떤 실체와 대면하는 것을 두려워하면서도 또 다르게는 그 앞에 서고 싶은 분열된 욕망이 그것이다. 갓꽃이 피기 전에 제발 가달라는 강청(强請) 속에는 그러나 그것을 결코 놓을 수 없다는 강렬한 욕망이 숨어 있다. 부정과 집착이라는 상호모순된 두 얼굴이야말로 시인의 욕망에 드리워진 자기분열적 표정에 다름아니다.

「내 안의 물꼬」에서 박규리는 중요한 전기적 사실을 고백하고 있다. "사년째 / 책 한줄 안 보고 잘 놀았다"는 구절이 그것이다. 갖가지 틀로 현실을 규정하고 설명하는 세상 지식과 문자로 자신을 세우려는 글쓰기 욕망에서 놓여나 "내 안의 물꼬를 들여다보았다"는 것이다. 절집에서 보낸 성찰의 시간대였을 것이다. 그런 자기응시 속에서 시인은 생성을 그친 불모의 "말라붙은 바닥"을 보고, 이 썩은 "바닥이 나의 전부다"라고 선언하기에 이

른다. 그런데 그것은 다만 비참일 뿐인가. 반전은 시의
마지막 부분에서 이루어진다.

　　검은 상수리나무 사이로
　　서럽지만 환한 속살 같은
　　새벽 운무 피어오르는 것이다.

　비참을 비참 그대로 보는 일, 그 실체를 수락하고 긍정
할 수 있다는 것은 불모의 내부에 불이 켜지는 신호가 아
니겠는가. “서럽지만 환한 속살”이라는 득의의 표현은
그렇게 얻어진다.
　「새벽별」은 박규리가 고통스러웠던 시간을 견딘 후 다
시 저잣거리의 삶들과 대면하고 있는 시이다. 대립과 갈
등, 원혐과 절망 등으로 예각화된 마음의 칼날은 그러나
전혀 찾아볼 수 없다. 물론 우리는 그녀의 다른 시들에서
이미 ‘낮은 곳’ ‘작은 것’의 진정성을 자신의 것으로 끌어
안는 하강의 태도를 본 바 있다. 가령, “떠밀려간, 약하고
가느다란 것들은 / 어느 끝에서 다시 만나 순한 그물 이루
고 있을까”(「수채, 머리올」), “이렇게 낮게 / 낮게 누웠더니
/ 산꿩도, 다람쥐도 / 저물녘 다 늙은 햇살도 / 쉬었다 간
다”(「저물녘, 대나무 평상에 누워」) 따위의 단장들은 그녀의

114

내적 변화를 알려주는 훌륭한 언표들이다. 자신의 삶 또한 세상 저 낮은 곳의 약한 존재에 다름아니라는 새로운 의식세계가 타자와 화해할 수 있는 모태의 자리를 만들고 있다.

외로움도 오래되면 온몸 따스히 데워주는 것인지, 홀로 뽑아낸 거미줄 같은 길이 달빛에 하얗게 내려앉는 밤이면, 가슴에 그토록 사무쳤던 사람 아니 죽어도 용서할 수 없을 것만 같던 사람…… 사람들, 하나씩 쓸쓸한 길을 따라 내게 찾아와, 벗나무 아래 삐걱이는 평상 위에 나란히 걸터앉아, 목젖을 적시는 묵은 이야기 두런두런 나누기도 하다가

타자란 다만 자기 욕망의 대상일 뿐이다. 욕망의 지향이 지극한 것이라 하더라도 사정은 크게 달라지지 않는다. 문제는 자기 욕망을 거두고, 타자와 자신의 실체와 그 관계의 진상을 있는 그대로 보는 일이다. 어쩌면 절대 고독과 같은 마음의 공간만이 그것을 밝혀줄 수 있는 등불이 될지도 모른다. 박규리의 시가 그런 고독 속에서 "홀로 뽑아낸 거미줄"을 우리가 주목하게 되는 것도 그런 까닭일 것이다.

그러나 화해가 향수 속의 옛날로 돌아가는 것이 아니
라면, 우리는 그 거미줄이 자기 치유의 차원을 넘어 어떤
관계를 새롭게 지향하고 있는지 물어야 할 것이다. 자신
의 마음속에 깃들여오는 옛사람들의 환영(幻影)과 헤어진
후, 밤새 그것을 끝까지 지켜보았을 "새벽별"을 시인은
이렇게 제시한다.

　　붉은 홍시 위로 가을비 번져오는 신새벽, 오줌 누러
뛰어가면 오돌오돌 떠는 어깨 뒤를, 어느결엔가 당신
은 다가와 꿈결인 듯 나를 감싸안기도 합디다……

　　그리움이 환영의 옷을 벗고 저자의 삶터에 살림의 형
상을 짓는 것, 그것은 박규리에게 아직은 안타까운 질문
으로만 남는 모양이다.

　3

　후미진 뒷담
　손바닥만한 물웅덩이에

　서럽도록 환한 달빛!

저물도록 법성포 바닷가를 기웃거리다 돌아오는 길
자칫 헛디뎌 밟을 뻔한

지상에 뜬 달 한줌!

바다도 아니요 호수도 아닌 발 밑, 시궁창이
치자꽃 같은 하얀 달빛으로 가득하다
—「지상에 뜬 달 한줌」 부분

수월(水月)이다. 물에 뜬 달이되, 명경처럼 맑은 호수도
아닌, 그리고 장엄한 저녁바다의 살아 번득이는 물결도
아닌, 하필이면 저잣바닥의 후미진 뒷담 물웅덩이에, 그
것도 행인의 발 밑 시궁창에 뜬 달이다. 하늘의 그 밝은
달이 물웅덩이 시궁창이라는 지상의 비천한 자리를 환하
게 물들이고 있는 것이다. 시의 행간과 연과 연 사이, 그
리고 부호의 뒷전에서 긴장과 경탄으로 떨고 있는 시인
의 모습이 그대로 느껴지거니와, 그 시궁창의 달은 박규
리 시의 절정에 해당하는 이미지인 것처럼 보인다.
　이어지는 연에서 그 달은 환한 빛을 거두고 좀더 인간
화된 형상으로 변모한다. 그것을 내재화하고 있는 시인

의 심상이 그런 변모를 이끌어냈을 것이다.

　　바로 이 자리에서, 제 속의 출렁거림을
　　얼마나 깊이 들여다보았던 것이냐

　　흔들리는 제 맘을 얼마나 간절히 내린 것이냐

　하늘의 달이 물웅덩이에 비친 제 모습을 들여다보고
있다. 그 모습은 달을 스쳐가는 구름이나 웅덩이의 물살
을 건드리는 바람 때문에 때로 일그러지거나 흔들리면서
변화한다. 시인은 그런 정황을 자신의 사유 내부로 끌어
들여 끊임없이 다른 모양으로 형상이 바뀌는 마음이라는
물건의 의미를 궁구한다. 무상(無常) 속에서 마음의 진면
목을 보는 일, 시인의 전언은 그것인가.
　그런데 시인은 왜 하필 "바로 이 자리" "바다도 아니요
호수도 아닌" 물웅덩이 시궁창을 달이 깃들이는 처소로
설정한 것일까. 지상의 삶의 온갖 것들이 더는 그 수명과
쓸모를 잃고 썩어가는 곳, 인간적인 삶의 일체 관심에서
밀려나 의식의 변방이 돼버린 곳, 그러나 현실의 실체로
서든 의식 내부의 캄캄한 공간으로서든 분명 존재하는 곳,
그 시궁창에 달빛이 "간절히" 내리고 있고, 시인은 자신

의 고통스러운 삶을 거기 내려놓고 싶어하는 것이다. "이
자리에, 바로 이 웅덩이에 내 설움 내려놓을 수 없을까"

다시 돌아가자. 시궁창에 뜬 제 모습을 바라보는 달.
시궁창 속에 그려지는 마음의 모양으로 사람이라는 생
(生)의 진상을 보겠다는 것이다. 무명(無明)과 소외와 고
통 속에서 진아(眞我)를 구하겠다는 것이다. 나는 글의 첫
장에서 박규리의 시세계를 일러 절집과 저자 사이 그 경
계로서의 사유라고 말한 바 있거니와, 「지상에 뜬 달 한
줌」은 그 결절점을 이루고 있다.

「그 변소간의 비밀」에서 박규리는 "밤마다 변소가 참
말로 오줌 누고 똥 누다가 방귀까지 뀐다고 어린 스님들
앞에서 떠들어대는" 보살의 입담으로 추리와 상상을 자
유자재로 하면서 한편의 풍문을 탁월하게 형상화하고 있
는데, 그녀의 시에서는 보기 드문 해학적 서사가 아닐 수
없다.

십년 넘은 그 절 변소간은 그동안 한번도 똥을 푼 적
없다는데요 통을 만들 때 한 구멍 뚫었을 거라는 등 아
예 처음부터 밑이 없었다는 등 말도 많았습니다 변소
간을 지은 아랫말 미장이 영감은 벼락 맞을 소리라고

펄쩍 뛰지만요, 하여간 그곳은 이상하게 냄새도 안 나
고 볼일 볼 때 그것이 튀어 엉덩이에 묻는 일도 없었지
요 어쨌거나 변소간 근처에 오동나무랑 매실나무가 그
절에서는 가장 눈에 띄게 싯푸르고요 호박이랑 산수유
도 유난히 크고 훤한 걸 보면요 분명 뭐가 새긴 새는 것
이라고 딱한 우리 스님도 남몰래 고개를 갸우뚱거리는
데요

절집의 변소간 근처에서 나무 몇 그루가 '훤하게' 커나
가는 까닭을 이처럼 익살스럽게 드러내기도 어려운 노릇
일 것이다. 자기 속내는 감추어둔 채로 어슬렁 풍편에 묻
듯 변죽을 울리다가 어느 순간 핵심에 직핍해 들어가는
민중적 공론의 형식이 아닌가.
「그 변소간의 비밀」이 중요한 의미를 갖는 것은 그러
나 그보다 시의 내용 쪽에 있다. 「지상에 뜬 달 한줌」의
세계가 정조(情操)를 전혀 달리하여 변주되고 있는 것처
럼 보이기 때문이다.

한줌 사랑이든 향기 잃은 증오든 한 가지만 오래도
록 품고 가슴 썩은 것들은, 남의 손 빌리지 않고도 속에
맺힌 서러움 제 몸으로 걸러서, 세상에 거름되는 법 알

게 되는 것이어서요

우선 변소간, 혹은 그것의 똥이라는 것을 주목하기로
하자. 그리고 그 변소간, 혹은 똥이 "가슴 썩은 것들"을
가리킨다는 사실을 떠올려보도록 하자. 시인은 그것을
시의 다른 곳에서 "막막한 어둠 속에서 더 갈 곳 없는 인
생"이라고 쓰고 있거니와, 그렇다면 그것은 「지상에 뜬
달 한줌」의 "시궁창"의 의미와 얼마나 다른 것인가.
　시궁창 속에 나의 삶과 마음을 내려놓고 그 세계의 의
미를 정각(正覺)하는 일과, 변소간의 똥에 다름아닌 저 낮
은 세계에서 사랑–증오, 나–타자라는 욕망의 양변(兩邊)
을 가슴 썩는 고통의 몸으로 치러 여의고 세상의 거름이
되는 일. 그것은 자기 내부의 "썩은 물"과 작고 낮은 곳
의 세계를 자신의 것으로 하려는 하심(下心)이며, 그와 함
께 나로부터 발원하여 세계로 나아가는 확장이다.
　다른 말도 가능할 것이다. 바로 내 안에서 이 세계의
진정한 모습이 환하게 개화(開花)하는 것. 그 싯푸른 몸의
오동나무며 매실나무의 형상을 보라.

이제 박규리는 8년여에 걸친 절집 공양주 생활을 접고
저자로 내려오는 모양이다. 나는 그녀의 곡절스러웠던

세월의 어느 겨울 한때를 여기에 적어놓는다. 맑은 소주
한 잔과 함께.

　　눈보라 속 혹한에 떠는 반달이가 안쓰러워
　　스님 목도리 목에 둘러주고 방에 들어와도
　　문풍지 웅웅 떠는 바람소리에 또 가슴이 아파
　　거적때기 씌운 작은 집 살며시 들쳐 보니
　　제가 기른 고양이 네 마리 다 들여놓고
　　저는 겨우 머리만 처박고 떨며 잔다
　　이 세상 외로운 목숨들은 넝마의 집마저 나누어 잠드
　　는구나
　　오체투지 한껏 웅크린 꼬리 위로 하얀 눈이 이불처럼
　　소복하다

—「성자의 집」 전문

　　반달이라는 한 마리 개의 마음이 저토록 아름다운 불성
(佛性)으로 또다른 절집 한 채를 장엄하고 있는 게 아닌가.
한 소식이다.

朴永根 | 시인

122

■

시인의 말

요즘은 대통밥 해먹는 재미가 쏠쏠하다.
대나무는 한꺼번에 다 큰다.
한꺼번에 다 커놓고 두고두고 안으로 여문다.
대나무는 키만 크려고 자기 인생을 탕진하지 않는다.
텅 빈 속을 평생을 두고 살찌운다. 크게 비고, 힘껏 단
단해진다.
대통밥을 해먹으려면 햇대로는 어림없다.
대통에 찹쌀을 넣고 장작불을 지피면
금방 타버리거나 쩍쩍 금이 가서
당최 밥은 되지 않고 망치기 일쑤다.
묵은 대는 속이 차고, 비어 있다.
거기에 소중한 밥을 지어먹는 맛이 있다.
나는 대나무가 좋다. 오래 늙어가며 텅텅 비고 싶다.
그동안 돌보아주신 선생님들과, 아직 쌀도 제대로 안
치지 못할 햇대 같은 작품을 선뜻 받아주신 창비의 관계
자들께도 머리 숙여 감사드린다.

2004년 2월

박규리

창비시선 232

이 환장할 봄날에

초판 1쇄 발행 / 2004년 2월 15일
초판 16쇄 발행 / 2025년 4월 18일

지은이 / 박규리
펴낸이 / 염종선
편집 / 고형렬 김정혜 문경미 안병률 김현숙
펴낸곳 / (주)창비
등록 / 1986년 8월 5일 제85호
주소 / 10881 경기도 파주시 회동길 184
전화 / 031-955-3333
팩시밀리 / 영업 031-955-3399 편집 031-955-3400
홈페이지 / www.changbi.com
전자우편 / lit@changbi.com

ⓒ 박규리 2004
ISBN 978-89-364-2232-5 03810